歌集

白夜に生きる

Byakuyaniikiru * Shigemi Hirayama

平山繁美

本阿弥書店

歌集　白夜に生きる＊目次

令和二年

令和三年

装幀　小川邦恵

歌集

白夜に生きる

平山繁美

ウォーリーのようにはいられず子と共に白衣を着込み未来に向かう

令和二年

ホエーに浮かぶ

ダイソーの商品たちに見守られ始める朝よ　かるくあかるい

三畳の遮光のなかに目覚めたりアルマジロのごとく眠って

守秘義務の職種に尽くし三十年嵌め殺し窓俄かに増えつ

声持たぬ風をなだめるモビールは飛びかた知らない看護師だろう

道なりの道が消え去る令和二年ヨーグルトはもホエーに浮かぶ

昨日からのつづきであれば生きている納豆白く泡立てながら

虐待死の子は「ちゃん」づけに呼ばれたり入れ替わりゆくニュースのなかを

もち麦をこぼれた命とおもうとき咀嚼回数にわかに増える

拒否できるボタンが欲しい一度だけ生まれ死にゆく生だとしても

量り売りの菓子店内に溢れているこの世の決算のようなまばゆさ

亜鈴

「かあさんね癌かもしれん。そうらしい」受話器が突如亜鈴に変わる

陽の香る布団を抱くごと取り入れてこの世の端にぺたんと座る

いつになく秒針響くキッチンに回しながらとる土筆の袴

ひと夜さを風に晒され干鰈おびえる貌に固まっている

桜餡パンのちいさな臍に
角おさめ口をしまえるカタツムリ渇ききっても母のおしゃべり
母を透かすレントゲン写真の右上葉　朴の蕾が鎮座している

「悪性じゃないと思うの」と母は言う桜餡パンのちいさな臍に

強がっているのはわかるよくわかる母はわたしの空蟬だから

くちばしを持ち上げるたび蒸気吐くアイロンのような溜息の母

歯茎がみえる

まだ短歌しているのかと子のメール馬穴の尻打つ雨音のよう

木の芽雨落とせる空を見上げたり足踏みミシンのようなやさしさ

如月にようやく届く年賀状こぞより小さき子の字を撫でる

年上の彼女ばっかり…　ものわかりいい木になんて育ててはない

「母さんは彼女をあまり好きじゃないかもよ。笑うと歯茎がみえる」

聞いていないようで戯言拾っていたアシカのような息子の耳介

玄関の取っ手に釘煮が吊るされてようやく春が押し寄せてきた

銀色の花穂を揺らすサトウキビ一頭の蝶と帰省をしたり

子への橋渡り来る人にやっと会う翼も鰭も蝸角もあらず

さけるチーズ

「アルバムが見たいらしいぞ」庭水に浮かんだ雲を彼女と覗く

生きるのが大変だった　アルバムはひらけどひらけど大運動会

角砂糖五つ六つと積み上げて戻らぬ時間に思い出がある

貧しさは冷たい痛みと子は言えり〈さけるチーズ〉は縦に裂けます

片親の女性ばかりと付き合う子ごめんと思う　やっぱりごめん

両岸のさくらが水面へ枝を伸ばし訊けない問いが水面に浮かぶ

もうひとりの母親

別れ際の「ご飯美味しかったです。」ようやく正面向いた心に触れる

ハンガーになで肩になるカーディガン心はつねに前へとひらく

悪くない。いいんじゃないの洋子さん息子のテトラポッドが消えた

夕暮れに蛍光帯びる菜の花の黄色の向こうを歩いてみたい

もし何かこの先あれば洋ちゃんと未来の子どもをと頼まれており

馬の背に手を押し当てるごと少しだけ子の体温に触れて送りぬ

フライパンに細くオリーブ油を垂らす必要なもの少なきこの世

想っていたとおりの彼女　そのままで咲かせたいなら頑張んなさい

新しい世界をひとつ受け入れる彼女にもまた母親がいる

コロナ隔離病棟勤務

真夜を裂く子からのＬＩＮＥ「明日からコロナ隔離病棟勤務に辞令」

最低と知りつつ三度声にする「看護師の前に母親である」

口調さえ変わってしまう熱湯を注がれているボトルを前に

弱音すら吐かない息子「俺がやる」吾も子も同じ看護師なれば

霧のなか息子はしずかに立ちあがる二十五年の命を燃やし

選ばれることがくるしい渡りきる前提のない水切りの石

吾と同じ看護師を選びたる息子後悔はなし同情のなし

カブトムシのうしろ姿と見紛える息子よＬＩＮＥに孤独がにおう

緊急事態宣言の夜

咲くことが下手なわたしは哀しみを三枚脱いで今日を勤める

「おはよう」に「ございました」の終止形高齢の人至って元気

いつもより明るい口調に予診とり強張る心を自分でほぐす

歩くたび踵を晒す靴下を今日は何度も引き上げている

子の友が筍を担ぎ訪ねくる緊急事態宣言の夜

なかぞらにとどまる蜻蛉の翅見えず守秘義務強いる現場に臨む

日本赤十字社《につせき》同期

等身大のあなたでいいよというように同期とは今もちゃんづけで呼ぶ

三年をともに暮らしし四十名日本赤十字社《につせき》魂が今を支える

大半がＢ型のクラス崩壊を危ぶまれつつナースとなりぬ

教員の誰もが予想しなかった潜在看護師にならぬ我らを

誰ひとり職を離れずそれぞれの居場所で聞きし緊急事態宣言

感情が言葉に収まりきらぬまま画鋲の頭押し続けたり

一筋の光さえなきコロナ禍をいかに潜らん看護師として

崎ちゃんの「声をきかせて」の一言でＬＩＮＥのなかに集結したり

田に水を呼び込み今夜は眠らないカエルの声が病室に満つ

座礁するわけにはいかないそれぞれの場所から叫ぶ「物資が足りない」

洟をかむことも補水も許されず防護服下はおむつをつけて

防護衣のなかに襁褓を穿き込んで重症患者のおむつを替える

打ち明けるように言葉を乗せるときまいまいの角が伸び切っている

二十八年の時間《とき》を飛び越え飛び交えるＬＩＮＥ〈日本の医療の脆さ〉

完全には開ききらない白蓮とみなみなみなみな空を仰げり

篩《ふるい》

生きざまは死にざまなりと黙諾のできぬコロナ禍白衣を着込む

増えすぎた人を篩に掛けている傷みし地球と新型コロナ

わんこ蕎麦のお椀のような病床に人間が来て殻を脱ぎたり

防護衣に身体を覆い体温と息とわが声うちへ籠もりぬ

ボランティア、看護学生の姿消え小さきものの音の転がる

病棟を歩く人影ひとつなく壁を背にして販売機もあり

炭酸のペットボトルのような人静寂を保ち　わが前に立つ

自然にか高度な医療を望むかを問いたる声は　神の御声か

「遺骨での再会なんて」取り縋る声の波紋のなかに立ちおり

誰しもに死が近づけり一生に一度生まれて一度死ぬため

御家族でなくて私か　この世から消えゆく命を見守っている

媒介になるものすべて排除され新聞ラックに新聞あらず

高架下に電車が過ぐるを待っているような時間が診療にはある

容易に捥げるバナナ

病院は家族にとっての待ち時間かちかち山の狸のシッポ

脚ゆるむコンパスもちて円を描く円にならない母に付き添う

悪性の疑い強いステージⅣベッドサイドに獏を呼びたい

四つん這いから立つときに嬰児は影から指を最後に離す

嬰児に笑い返さず見つめると真顔になりぬ　すでに人間

逆光で貌が見えないそれだけがわたしにとって味方であった

ツバクラメ低く飛び交う夕間暮れ〈がんセンター〉に母を置き去る

二十三年共に棲みたる冷蔵庫今夜はやけに溢す水音

ひと房に何本繋がっていたバナナだろう容易に捥げる　家族のように

逆立ちしているOra2

声捨てた口をひらいて水底を見てきた鯉がこの世を揺らす

自粛中「此処ぞ」と思うマダムらは美容外科へと群がり止まず

コロナ禍に望まぬ妊娠増えておりコロナに消える光はあまた

電子辞書 See You…と言い画面消すかなしみ覚えはじめたように

はじめから逆立ちしているOra2涙溢せるわたしでいたい

脱毛サロン

介護老人保健施設《ろうけん》の元介護士が運営する脱毛サロンに気兼ねは要らず
ＶＩＯ脱毛一回四千円未来を見据え通う女《おみな》ら

月球に光が射すはひとところそんな感じの人の世が在る

葉や茎に毛を纏いたる母子草やさしき白い立ち姿なり

姪っ子はハイジニーナを施術済み毛がなきことは傷つきやすき

卓上に俯いている鬼百合の蕊は残らず除けられており

アングルを変えても

銀河系のひとつの惑星《ほし》に乗り合わせ〈ペストの記憶〉を開き飛び込め

ロンドンと類似は多し三五五年前を繰り返す人間《ひと》

売店のシャッター開かず撤退すドリップコーヒーの香りが消えた

コロナ指定病院にさえも物資なく一反木綿か合羽を広ぐ

一枚のこころを纏う金銀のフィンガーチョコの中身は同じ

アングルをいかに変えても保菌者の疑い晴れない医療従事者

ブランコの鎖の軋む音がする風の中なる人を抱きて

「ちっぽけな私」と受話器に泣いている同級生はまたも看護師

外敵のなき夕暮れにヤドカリは殻を脱ぎ捨て行水をする

「頑張れ」は言わず心を傾けてちいさな気泡の音を聞きたり

いくつもの叫びが一日《ひとひ》に滲みこんだ髪を束ねて湯船で絞る

鍵穴の数より鍵は多くありその一本になりたき夜深け

触角の眼から引っ込むカタツムリ職業差別に飽きてしまって

ストレスフリー県

ストレスフリー一位の愛媛県《えひめ》お遍路の鈴の音巡る小路の多し

空と海ひといろの青注がれてみかんの花が山肌のぼる

受け入れていかに生きゆく石鎚《いしづち》山は三千超える〈うちぬき〉を生む

＊地下水の自噴井

こそばゆい恋なんだこれそら豆のちいさな窪みにおさまるような

はじまりは余白の多い本でした咲かせたことない感情うまれる

問いばかりあふれてしまう君のそば瞬き多き水面と気づく

引き返すつもりはなくて花火師の視線の先にのぼり詰めたい

手旗で君に

お互いの四十九年を溢しあい今でなくてはならないふたり

それぞれの絵画に合った距離感を海月のように揺らぎて探す

日陰から見ていた日向は眩しかりあたりまえでなき幸せ溢る

遠浅の海がひらけてゆくような　呼ばれるたびに渡る吊り橋

声にしたとたんに言葉は曇るから手旗で君に告白したい

真鰯のトルネード

いちまいを山折り谷折りくり返すこれは無言の祈りのはずだ

真鰯のトルネード崩れ戻れるが何処でも安全ということはない

薬包で生まれる鶴は日に四羽ちいさな風にも飛び立つ気配

大切なひとがとびたつそのせつな千のつばさがひらくのだろう

駅前に集うタクシー見下ろせばパズルゲームのように犇めく

好きだとかそういう前にたましいがふるえたことが本当《ほんと》いけない
土曜日のたそがれどきに待ち合わす青い炎を分けあうために
気づけない幸せがある駅弁の殻の軽さに驚きながら

「平山さん」と駆け寄る患者の至近距離刺殺完了し終わるほどの

それぞれに苦手な患者異なりて花序に連なるあぶらむしと蟻

裏の顔見せない月とこの上司自分ひとりで光ることなし

否定して何になろうか死ぬまでに口紅何本食べるのだろう

列をなし進む蟻にも我が道を進まんとする一匹がいる

〈私たち〉とあなたが言ったあの時のメールのなかを歩いていたい

光源の数だけ

生きるとは死ぬことならん内海の夕凪こわす一陣の波

朝まだき電話が鳴りぬ母さんは暴走気味の秋茄子の花

どの医師もステージⅣと言い切って陰影なき日に母は戻れず

ビー玉のなかの動けぬ泡だろう癒えぬひかりに触れてはならず

光源の数だけ影を曳くからだコンビニのなか持て余しおり

ポケットに少しばかりの砂のあり逆さ言葉を口に遊ばす

蛇花火音なく伸びて倒れたりもろもろのこと毀れ始める

生きるため進化拒まぬ深海の魚族のように生きのびよ　母

ハリセンボンのはるかの前歯

掃っても一晩で成るクモの巣を屈んでは避け通勤をする

〈大臼歯神経死んだ〉と書き込めば緊急事態宣言後初の子の声

音声でつながるだけで全身がわたげのようにゆらめいている

致命傷でない傷ならば気づかない振りして深くフードをかぶる

「ハリセンボンのはるかの前歯は死んでいる」息子の言ったこれは慰め

村上水軍の気分で

たそがれに感染者数を確認する国籍と時代超えて市民は
子の勤むるコロナ《コロナ》隔離病棟再稼働何処に向かう浮舟ならん

村上水軍の気分ですすめ一〇ノットの潮流と情に呑まれてならず

今此処と思うしゅんかん噴水が呼吸ととのえ伸び上がりたり

今日明日も通過点です左向く黄色い口の秋刀魚を選ぶ

治まらぬ感染者数を聞きながらエノキタケの白き密集を解く

痩せている秋刀魚の写真に「可哀想やな」子の声に読む届くＬＩＮＥを

お互いに守秘義務のあり子と交わすＬＩＮＥの吹き出し青空の雲

シュノーケル覗き浅瀬を歩いていた息子を思う夕暮れがある

厚生省の動画マニュアルに出てるらしい防護服着て動く息子よ

「源ちゃん」と心に叫びああこれは運動会の競技ではなし

暮れやすき厨にひとり露草のかんむりみたいな火を点したり

令和三年

噴火のあとの凹み

冬明けを知らせる辛夷が咲くころもレッドゾーンの境界消えず

ゆでたまごうまく剝けない日が続くマンパワー不足の医療の現場

秒針が動かなくなった電波時計短針長針真面目にまわる

咲きながらドライフラワーに化す紫陽花横目に今日も出勤をする

何時も飛び立たぬように繋がれた鎖の先に揺れるブランコ

カチカチとしろがねの匙みどりごのちいさな前歯がよろこんでいる

休憩は令和二年の弥生から時間をずらし独りっきりだ

お喋りが美味しかった頃はるかなり歯磨きですら引き離されて

夜勤中の補食時間の息子から咀嚼音付き電話が積もる

守秘義務をまもりながらの会話閉じ噴火のあとの凹みができる

食事時間さえも細かく区切られて此岸に孤立していく看護師

開運の毛に

ドーナツを摑むトングはドーナツの穴にU字の片腕を挿す

「お母さん、今からワクチン接種する」ＬＩＮＥが届く花冷えのなか

夜勤明けの補食と睡眠足らぬ子に植えられてゆくコロナワクチン

顎先のほくろがこの世へ垂らしてる開運の毛にしがみつきたい

アレルギーの百貨店のような子にあれどコロナワクチン副作用出ず

大食い YouTuber

公務員の望まぬ異動のひとつなり平穏のなき児童相談所

虐待のニュースを消せずストローの首を折り曲げ水面に挿す

どの子にも父親はいて大方は雄から父になろうとはせず

パック詰めされたチリメンジャコの眼よ無かったことにしてはならない

一日中光を抱え込んでいるエレベーターが県営《けんえい》住宅には無い

挨拶を返す子と返さない子おりあっけらかんと座礁している

立ちションにコンクリートは溶解し支柱の錆をこの世に晒す

〈一学区に一里親を〉のスローガン未だ足りない受け皿ばかり

人間のけがれを背負う雛人形ちいさな白き足裏見せず

休校が続くコロナ禍黄昏に子ども食堂の明かりがともる

虐待を受けたる子らの絶対値「それでもママが一番に好き」

大食いのYou Tuberがあふれてる動画になぜか凪を覚える

スナップの手ごたえ

誰しもが保菌者である想定に外来診療今日も始める

〈一年に四波までなら想定内〉コロナウイルスに歯止め掛からず

一冊を抜こうとしたら六冊が連なろうとして押し戻したり

搬送後の救急車両のガラス越し後悔のなき夕焼けが燃ゆ

煙突の煙にも影は添えられて通院途切れる患者を思う

スナップのとまるせつなの手ごたえが新型コロナに感じられない

〈Joyfull〉が灯台のごと映る日の両手はポケットに指を隠せり

火の輪を潜るライオン

片方の聴力失くした父の背《せな》もう風に帆を張ることのなし

金婚式の写真のなかに歳をとり木篦のごとく縮む両親

ボリュームを落として話す昼下がりエアコン効果を感じぬ温度に

果汁0の檸檬スカッシュ飲みながら知らないうちは真実だった

母さんにどれだけの時間があるのだろう流しに返す茶漉しの茶殻

感情の溢れっぱなしのニワトリか母のおしゃべり止むときのなし

棲息地狭まってゆく母のなか火の輪を潜るライオンがいる

つい姉は受話器のなかで叫びたり「死ヌ死ヌ言ウ人決ッシテ死ナナイ」

晩年の長さわからず母さんは蠟燭の芯しずかに起こす

白身から固まってゆく目玉焼き母の最期はわたしが看取る

夕闇に浸り動かぬモビールよ生ある者は何処にも行けず

四国カルスト

山道を掻い潜りつつ抜けたとき木魂《こだま》を持たぬ天空ひらく

天空に浮かぶ島なり翼なきものが集える四国カルスト

その昔南からきた石灰岩古生代二畳紀の波音を知る

ああここは〈風の谷のナウシカ〉の一角か　風音のなき風に抱かれつ

コロナ禍を抜けて着きたる天空に風車は白き腕をまわせり

青と白緑と黒が埋めつくす空、草原に石灰岩と牛

日中から宵待草が月光の羽をひろげるカルスト台地

天空の緑を食らう牛達が嫌いし薊ばかり蔓延る

天空の地に突き刺さる石灰岩しろき岩肌は骨《ボーン》のごとし
鬣を靡かせながら駆けたかり二本の足に大地を蹴りて

身のうちの鍾乳洞

防護衣に飛沫浴びつつ一時間咳の合間に粥を運べり

フェイスガード、マスク越しなる声届け下唇の擦傷癒えず

身のうちに鍾乳洞を仕舞う人眠っていても水音やまず

返答はなくも聞こえているはずと声を掛けつつ洗髪をする

血管に相性がありそれぞれに苦手な患者を把握しており

痛くないように棺に寝かせる行為　慣れないことに救われている

自転車を前に押しやり坂をゆく取り返しのきく時間はあらず

声帯のなきウサギ

待ち針があらゆる角度で差し込める針山みたいな〈ストレス診断〉

看護ではあらぬ行為が増えてゆく滴含んだ翼が重い

御遺体は納体袋に収容す最期の時を分かち合うため

御家族は頭では理解されている声帯のなきウサギのごとし

降り出した雨の匂いに立ち止まり蛍のひかりを落としてしまう

点描画のなか

死者の出ない日がなくなっていつからかひかり過剰な点描画のなか
みずうみのような静寂保つため白衣を着込む夜の岸あり

病窓の月影に照る笹竹を潜りてわれの巡視の足音

捨て鉢になれない現場　からだでなくこころの襞を伸ばす術なし

鼻先へつんと痛みが走ったら抑えきれない高波が来る

男より女の笑顔は嘘っぽい看護師の奥の人間の顔

巻き貝に隠しておいた心根を取り出しているヤドカリさえも

離職する人をとめない　魂が乾ききってる軋みを聞いて

白夜に生きる

防護服に護られながら　チューニング狂い始めたフラットがある

「さよなら」を嫌う若者多くして五本の指を高く振りあう

うちの子は息子であって同士ですＳＯＳをきちんと言える

角が立つくらいに卵白泡立てる「疲れた」は「苦しい」よりも重症だから

トイレットペーパーにある切り取り線切りたいところにあることのなし

人よりも看護師として期待されもうずっとずっと白夜に生きる

お疲れと心に唱え三面鏡ひらき無限のわたしを増やす

仕事終え白衣を脱いだわが子こそ漂流物のひとつであろう

ウイルスが治まるまでを会えぬ子と今日を今を生き尽くすのみ

本当の気持ちはマスクを通過せずＰＰＥ*がわが身をくるむ

*個人用防護具

自らに扉を開くエレベーター宵闇に光こぼしていたり

ナイフの柄の揺れ

自殺者は増加に転ずコロナ感染死亡者数を見下ろしながら
なんじゃもんじゃ白く零れる夏空を駆け抜けてきたあなたの訃報

ツイッターのアカウントを削除して梅雨晴れの間に自らまでを

自らを優柔不断と言っていた…はずした画鋲の痕は埋まらず

未来よりむしろ過去へと向かうのか秋のひかりを透かす夕雲

宛名さえ躊躇い書かれた葉書だろう逃げ水のようなあなたが浮かぶ

自死を選る前夜の電話変わりなし言の葉すべて虹の断片

あの人の言葉は花びらだったはず水面に触れたひとひらの影

お互いのサドルの高さに影が差す言葉だけでは届かなかった

さみしさに呑まれ衝動的だったよね本結びのままの約束二つ

羽すらも見えなくなった扇風機あなたの率直さが好きだったのに

コロナ禍でなかったならば水鳥のように渡りて死を選ばざれ

ふかぶかと心にナイフが突き刺さり笑うと柄が揺れやっと痛んだ

この雨があなたであることを確かめるように差し出すてのひらがある

風音のなき風

ひとひらの手のひら耳に宛がって音を失くした世界と気づく

哀しみが降りやむことを知らなくて音なき雨がほそく鳴ってる

「ストレスが原因でしょう」聴覚を失う代わりの尾鰭が欲しい

銅製のスプーンにアイスが溶けるよう素直であった記憶が残る

側面にギザギザをもつ十円玉のよう扱われている同僚たちに

ああここも袋小路になっている何から遮断をしようというのか

十二色の色えんぴつを均等に使える世界がわたしにはなし

平衡の感覚さえもままならず地球という名の船に揺られて

北極にはぶつかるものが何もなく風音のなき風が乱吹ける

家具店の二階に仏壇は陳列す彼岸に続く扉を開けて

成虫になれない蟬

終活の一環なのか訪うたびに実家の木木が伐られて消える

扱いの難しくなる爪と母分厚く硬く固執するのみ

消えぬよう失くさぬように　手花火のような母とのこの世の時間

もう一度元気づけるためわれのため五十℃の湯にレタスを放つ

効果ある抗癌剤のひとつなくやじろべえのような私の母さん

帆を張れぬ朝がいつかは来るだろう母の罵声も思い出になる

先ずは子と思おうわたしと違う母湿った肌が未だ苦手だ

ヤマモモの大木消えて成虫になれない蟬は何処にも行けず

五階にて蟬が羽化したおどろきで県営住宅一本の木に

音たてず砂場は雨を受け入れるわれより母にやさしい雲を

握り寿司のたまご

姉ちゃんの子とは思えぬ姪っ子はカラコン金髪Navel Pierce

姪っ子の彼が結婚挨拶に来るらしい列席したいと名乗りをあげる

「娘さんをください。」ののち羽のなき送風機が青き背を撫でおり

ピョルとポギ二匹の猫と見守りぬ産むことのなき余生の我ら

義兄《にい》さんの返答を待つ　校長の話は長い教頭いかに

線香の香りしみいる仏間にて見えない耳介がその瞬間を待つ

空泳ぐ視線が雉と合致する刹那聞こえし「えんやないん…か。」

交際歴八年に打つピリオドが奨学金の返済完了

ひと目見ていい人みたい五十嵐さん義兄に勝れる禿《ひかり》の兆候

この世でしか一緒にいられぬ人といる握り寿司のたまご頬張りながら

ほーなん、ほじゃけん、帰ってこんかい

「明日帰る」点るＬＩＮＥを抱き留める毳立つ殻から身を乗り出して

わくわくとじゃこ天揚がる「ほーなん」「ほじゃけん」「帰ってこんかい」

子に会えぬ時の重さは倍巻きのトイレットペーパー約八ダース

病棟の県外禁止令が解除され遡りゆく回遊魚の群れ

オミクロン株が身近に迫るなか鱗《いろくず》きしむ音が近づく

噴水がひろげるしろき風切羽午後七時半ふっと消えたり

砂抜きをしているような息づかい繰り返しつつ話は続く

二層式洗濯機は蓋のなきままに心の渦を晒していたり

人ならば照り焼きソースは母性ですあれこれそれもうまく合わせる

歯磨きの所要時間が揃わない同じカレーを食べた息子と

こんなにも小さき耳介…　生き抜けと形体遺伝つくづく眺む

次会える日はいつだろう　眠り入る子を確かめつ夜勤の前に

海道をわたるヒヨドリらのいのち退屈凌ぎに奪うハヤブサ

令和四年

コロナワクチン集団接種

ペットワールドの移転の後の空き店舗コロナ集団接種会場と化す

遺伝子の強きものだけ生き延びるコロナ禍という篩のなかを

コオロギの粉末入りの菓子ありて食物連鎖に新しく居る

それぞれの病院ごとの看護衣で構成されたる延べ十レーン

マスク越しゴーグル越しにも鮮明な化粧をまとう一群がある

ワクチンの希釈、充塡のテーブルに撮影用ライトか煌煌と射す

二レーンをナース三人で担当す四時間半は尿意こらえて

アルコールにアレルギーあるかを聞きながら問診票の✓をたどる

通院の途絶えた患者との再会マスクのなかで歓声あげる

乳癌によっては利き腕に接種する二本しかない人間の腕

「いらっしゃ〜い」と隣のレーンから聞こえくるF病院の看護師長か

二回りは上と見受ける看護師長働きやすい職場であらん

裸婦像

それぞれの空の深みに生きれども大事なことは裡がわにある

母の孤独わたしの孤独対ならず髪に隠れる裸婦像の乳房

帆を持たぬ一艘の舟　点線に囲われている切手だ未だ

どのような死なら納得できるだろう茄子色に咲くナスビの花は

ひまわりすいかのように

何波まで続くのだろう子と吾は距離を保って狛犬のよう

上書きを何度もされて看護師は〈ひまわりすいか〉のように明るい

車へと乗り込むときに額から鬼灯のような疲労が垂れる

雨音は海の記憶を呼び覚ます砂場にねむる貝の亡き骸

砂場には貝の骨ありこの地球《ほし》の何処もが誰かの墓場であって

風のなき砂絵のような日常に耳の垂れたるウサギ飼いたし

幸せになりたくなって冷蔵庫のなかのひかりにときどき触れる

バク宙を繰り返している敷布団コインランドリーの澄んだ目蓋に

消しカスもやわらかいねと言われたい角ひとつない消しゴムとなり

エヴァンゲリオン

写メで見る彼女の部屋は殺風景エヴァンゲリオン本棚に立つ

元気なら楽しいならばそれで良し風に吹かれて撓れるならば

月一度母から届く絵葉書は羽毛毟った心根が浮く

絵手紙の表にコメント添えられて京都弁なら命令口調

置きどころあらぬ風船みずからをゆるめこの世の底を探りぬ

本当に大切なことだけ覚えててあなたは母で私はむすめ

すべきことできることすら限られてわが生涯は一輪のはな

相槌を打つたび澄みゆく母ならん日ごとに小さく朝顔の咲く

残された時間はこの世だけのもの殻ごと摑んで浅蜊を啜る

何もかも許せるわが子もっともっと失敗をせよ母が居る世に

人肌の家族型ロボット爆売れす愛することが癒やしに変わり

天泣のひとつひとつが大きくて見上げた先を明日が繋がる

消えてしまうことが大切見上げてる人を笑顔に変える虹には

コロナとはひとつの課題生き延びる価値あるものか試されている

弱っている仲間を蟻は曳いてゆくその後のことはわからないけど
どのくらい羽ばたいたなら見えるだろう日中の月のような扉は
序章かもしれないウイルス革命のなかを掲げよ人のエナジー

ありがとう、ごめんを何度も繰り返し波頭に毀れる私はひかり

通勤の波に逆らい帰路をゆく牛小間二〇〇揺らしに揺らし

あとがき

『白夜に生きる』は、『手のひらの海』に続く第二歌集です。第一歌集から約三年、私としては、こんなに早く第二歌集を上梓するとは思ってもいませんでした。それほどに様々なことが怒濤のように押し寄せた日々であったとも言えます。

二〇二〇年、新型コロナが地球に蔓延り二年以上の時間が経過しました。そして、未だ収束していません。私たち看護師は、医療の現場に身を置きながら、様々な人達をみてきました。新型コロナが全く未知の存在であった時、自暴自棄な行動で周りを攻撃する人。感染し命を落としてしまう人。ウイルスを家庭に持ち込み家族を失った人。医療現場の逼迫により入院が叶わず自宅で病状が悪化した人。自粛し検診を怠り病状が悪化してしまった人。コロナの後遺症に苦しめられている人。自らの命を絶ってしまった人。例を挙げたらきりがありません。私たちは地球やウイルスから目に見えない篩にかけられているのでは。これは、まだ始まりにすぎないのではないかと思わずにはいられません。そして、母の肺癌。命とは人とは何なのだろう。そんな葛藤のなかに今、わたしは居ます。

人よりも看護師として期待されもうずっとずっと白夜に生きる

歌集のタイトルはこの一首からとりました。

一人の力は弱いです。でも仲間がいます。今よりは、明るい未来を信じ歩いていきたいです。最後に今の生活があることに感謝を伝えたい。様々な人が存在し支え合って世の中が回っている。自分ができることはほんの些細なことにすぎない。どんな状況であろうとも感謝の気持ちを忘れず生きていきたいと思います。

コロナ禍で仕事に追われ自粛の日々。馬場あき子先生をはじめ歌林の会の皆様にお会いできる日を楽しみにしています。第二歌集は米川千嘉子様に帯を書いて頂きました。本当にありがとうございました。そして第一歌集に続き、本阿弥書店の奥田洋子様、佐藤碧様にお願いし大変お世話になりました。また小川邦恵様に装丁をお願いしました。心より深くお礼申し上げます。
そして、今この歌集を読んでくださっている貴方に感謝いたします。

二〇二一年　六月

平山　繁美

著者略歴

平山繁美（ひらやま・しげみ）

1970年　香川県高松市生まれ
1992年　高松赤十字看護専門学校　卒業
2009年　平成20年度ＮＨＫ全国短歌大会「若い世代賞」
2011年　平成22年度ＮＨＫ文部科学大臣賞（短歌）
2015年　歌林の会　入会
　　　　第３回現代短歌社賞　佳作
2016年　第59回短歌研究新人賞　最終選考通過
2019年　第一歌集『手のひらの海』上梓（本阿弥書店）
　　　　第16回日本詩歌句随筆評論大賞優秀賞
2020年度　日本歌人クラブ四国ブロック奨励歌集
2020年　愛媛新聞文芸「短歌」選者
2022年　第24回かりん力作賞

かりん叢書第四〇〇篇

歌集　白夜《びゃくや》に生《い》きる

二〇二二年八月二十三日　初版発行

著　者　平山　繁美
発行者　奥田　洋子
発行所　本阿弥《ほんあみ》書店
東京都千代田区神田猿楽町二―一―八
三恵ビル　〒一〇一―〇〇六四
電話　〇三（三二九四）七〇六八
印刷・製本　日本ハイコム㈱
定　価　二九七〇円（本体二七〇〇円）⑩

ISBN978-4-7768-1610-2 C0092 (3326)